LES DIEUX RIVAUX,

OU

LES FÊTES DE CYTHÈRE.

DE L'IMPRIMERIE DE BALLARD,

Imprimeur du Roi et de ses Menus-Plaisirs, de S. A. R. Monsieur, et de S. A. R. Mgr. le Duc de Berry.

LES
DIEUX RIVAUX,
OU
LES FÊTES DE CYTHÈRE.

OPÉRA-BALLET EN UN ACTE,

A L'OCCASION DU MARIAGE

de S. A. R. Monseigneur le Duc de Berry

A PARIS,

CHEZ VENTE, LIBRAIRE DES MENUS-PLAISIRS DU ROI
ET DES SPECTACLES DE SA MAJESTÉ,
Boulevard des Italiens, N°. 7, près la rue Favart.

1816.

Paroles de MM. DIEULAFOY et BRIFAUT.
Musique de MM. SPONTINI, PERSUIS, BERTON et KREUTZER.
Ballets de M. GARDEL.

ACTEURS ET ACTRICES
CHANTANS DANS LES CHŒURS.

COTÉ DROIT.		COTÉ GAUCHE.	
Messieurs.	*Mesdames.*	*Messieurs.*	*Mesdames.*
Devilliers.	Himm mère.	Lhoste.	Gambais.
Leroy 1er.	Lefèvre.	Le Cocq.	Mulot aînée.
Putheau.	Bertrand.	Aubé.	Mulot cadette.
Adrien Fd.	Florigny.	Gonthier.	Royer.
Picard.	Chévrier.	Nisi.	Cantagrelle.
Chapelot.	Valain.	Houëbert.	Mante.
Prevost.	Beaumont.	Levasseur.	Lorenzetti.
Chollet.	Lacombe.	Martin.	Lebrun.
Le Roy 2e.	Reine.	Duchamp.	Dubois.
Gobert.	Maze.	Nocart.	Fasquel.
Fasquel.	Falcos.	Ménard.	Menard aînée.
Gousse.		Léger.	Gasser.
Lemaire.		César.	
Dumas.		Murgeon.	
Courtin.		Legros.	
Quellé.			

PERSONNAGE DANSANS.

DIANE,	Mlle. CLOTILDE.
VENUS,	Mlle. BIGOTTINI
TERPSICORE,	Mlle. DELISLE.
LES GRACES,	Mlles. AIMÉE, MARINETTE, BERTIN.

NYMPHES de la suite de TERPSICHORE.

Mlles.	Guillet,	Montjoie,	Césarine,	Lequine,
	Baudesson,	Seuriot 1re.,	Angeline,	Lemière,
	Nanine,	Aubry,	Brocard,	Vigneron.

PLAISIRS.

M. ALBERT.

MM. MONTJOIE, ELIE.

Mlles. Vre. SAULNIER, GAILLET.

MM. Simon, Aurélie, l'Enfant, Florentine, Perseval, Richard â.
Mlles. Noblet, Brocard c., Barrée, Rousselot, Joly, Bertrand.

LES JEUX.

MM. PAUL, FERDINAND.

Mlles. FANNY, MASRELIÉ cadette.

MM.	Chatillon,	Raguaine,	Leblond,	Templement,
	Richard cadet,	Crombé.		
Mlles.	Legallois,	Farey,	Kaniel,	Idalise,
	Varaîne,	Valard.		

LES RIS.

M. Antonin ; Mme. Courtin.

MM. Buron, Gosselin, Rolland, Faucher cadet, Armand, Mangin.
Mlles. Vaugier, Blondin, Bassompierre, Salkin, Fouricsi, Rouleau.

PETITS AMOURS.

CYCLOPES.

MM. Seuriot, Godefroy, Romain.

L'eulier, Pouillet, Verneuil, Rivière, L'enfant, Beautain, Seuriot aîné, Grosneau, Martin, Paul, Gallais, Josse.

PERSONNAGES.

LA FRANCE,	Mme. BRANCHU.
PARTHENOPE,	Mlle. GRASSARI.
L'AMOUR,	Mme. ALLENT.
L'HYMEN,	Mme. CAZOT.
JUPITER,	DERIVIS.
MARS,	LAVIGNE.
NEPTUNE,	BONNEL.
APOLLON,	NOURRIT.
MERCURE,	ELOI.
BACCHUS.	LAÏS.
MINERVE,	Mlle. PAULIN.
THÉMIS, LA RENOMMÉE,	Mme. ALBERT.

VULCAIN et autres DIVINITÉS.

CYCLOPES.

GRACES, JEUX et RIS.

FAUNES et SYLVAINS.

La Scène est à Cythère.

LES DIEUX RIVAUX,

OU

LES FÊTES DE CYTHÈRE.

Le théâtre représente un jardin inculte; quelques vestiges d'élégance et de grandeur s'y font encore remarquer, mais le feuillage est desséché, les fleurs sont rares et languissantes, les côteaux arides, les fontaines et les ruisseaux taris, etc. etc.

Au lever du rideau l'Amour paraît, morne et abattu, sous un berceau presque dépouillé de verdure; son flambeau est à terre, son arc et son carquois sont brisés à ses pieds; de l'autre côté les Graces, sans fleurs, sans atours, expriment, par leur attitude, une affliction profonde; des groupes de Jeux et de Nymphes errent tristement dans les bosquets.

Sur la montagne, qui occupe un côté de la scène, des Cyclopes agitent leurs marteaux et forgent des armes sur diverses enclumes; le feu de leur immense fournaise est presque la seule clarté qui répande du jour sur ce tableau.

Dans le fond on aperçoit le palais de l'Amour dégradé et occupé par les Cyclopes.

SCENE PREMIÈRE.

L'AMOUR, JEUX et RIS, VULCAIN et ses CYCLOPES.

CHOEUR DES CYCLOPES.

Sous le poids des marteaux
Que l'enclume gémisse;

Que du choc des métaux
Le vallon retentisse.
Aux nations forgeons des fers;
Que le Dieu de la guerre,
Pour embrâser la terre,
Reçoive de nos mains tous les feux des enfers.
Dans la main du guerrier qui répand les alarmes,
Les armes, les armes,
Sont le sceptre de l'univers.

L'AMOUR.

Quoi! ce bruit menaçant m'éveillera sans cesse!
Quoi! des combats l'ardente ivresse
Vient m'effrayer jusques dans ce séjour!
Bellone y voit flotter ses sanglantes bannières!
Du féroce Vulcain les forges meurtrières,
Sous leur flamme sinistre y font pâlir le jour!
Pleurez, Graces et Jeux: pleurez, Nymphes légères.
Quels maîtres à Cythère ont remplacé l'Amour!

VULCAIN et CYCLOPES.

Sous le poids des marteaux
Que l'enclume gémisse;
Que du choc des métaux
Le vallon retentisse.
Aux nations forgeons des fers.
Dans la main du guerrier qui répand les alarmes,
Les armes,
Les armes,
Sont le sceptre de l'univers.

L'AMOUR, GRACES et JEUX.

Sous le poids de ses maux
Que notre ame gémisse;
De nos tristes sanglots
Que l'écho retentisse.
Forgez, cruels, forgez nos fers.
Après tant de combats, de fureurs et d'alarmes.
Les larmes,
Les larmes,
Sont ce qui reste à l'univers.

(Le son de la trompette se fait entendre tout-à-coup et ranime les sujets de l'Amour; la Renommée traverse les airs.)

L'AMOUR.

Mais de quels sons nouveaux mon oreille est charmée!
L'agile Renommée
Vers nous, du haut des airs, semble se diriger.

CHOEUR DES AMOURS.

O doux aspect! ô fortuné présage!

(*Dans ce moment on aperçoit Mercure sur le penchant du côteau.*)

L'AMOUR.

Eh quoi! de Jupiter le brillant messager
Descend aussi dans ce bocage!
Que viennent-ils m'apprendre, et que dois-je espérer?

SCÈNE II.

LES PRÉCÉDENS, MERCURE, LA RENOMMÉE.

LA RENOMMÉE.

Une merveille inattendue ;
La paix aux mortels est rendue,
Et l'univers va respirer.

L'AMOUR.

Sa plainte jusqu'aux cieux a donc su pénétrer !

LA RENOMMÉE.

Un Roi que de sa force un grand peuple environne,
Mais, plus fort des leçons que l'infortune donne
A qui sait entendre sa voix,
Louis a désarmé Bellonne :
Tout cède à son génie, à son nom, à ses droits ;
Il répare, il console, il protège et pardonne.

L'AMOUR.

Cet ascendant divin qui me charme et m'étonne,
D'où le tient-il ?

LA RENOMMÉE.

De ses vertus ;
Louis prouve aux mortels qu'un sage sur le trône
Est pour la terre un dieu de plus.

MERCURE.

Mercure à son tour vient t'apprendre
Qu'au sein de tes états l'Olympe va descendre.
Les immortels y recevront les vœux
De deux puissantes souveraines
Que je dois guider à leurs yeux.
Qu'à ta voix, ces monts et ces plaines
Se peuplent de ris et de jeux,
Et que tous les plaisirs y fêtent tous les dieux!

L'AMOUR.

Des fêtes, des plaisirs! de ce désert sauvage
Mars dès long-tems les a bannis.

MERCURE *lui montrant l'Hymen qui arrive avec sa suite.*

L'Amour et l'Hymen réunis
Réparent en un jour un siècle de ravage.
Adieu, je cours remplir les devoirs les plus chers.

LA RENOMMÉE.

Et moi, fière de mon partage,
Je vais consoler l'univers.

TRIO.

MERCURE et LA RENOMMÉE.

Reprends, Amour, ces marques de ta gloire,
Tes traits, ton flambeau, ton carquois.
Le monde périssait au sein de la victoire;
Il va revivre sous tes lois.

L'AMOUR.

Oui, je reprends ces marques de ma gloire,
Mes traits, mon flambeau, mon carquois.
Le monde périssait au sein de la victoire;
Ah! qu'il revive sous mes lois.

LES CYCLOPES.

Non, non: vengeons nos droits,
Brisons, brisons ces marques de sa gloire:
Le dieu puissant de la victoire
Brave tous les amours et se rit de leurs lois.

(Les Cyclopes s'élancent sur les attributs pour s'en emparer. Mercure étend son caducée au milieu d'eux et les force de reculer jusques vers la montagne, puis il s'élève dans le ciel. La Renommée s'envole aussi.

SCÈNE III.

L'AMOUR, L'HYMEN ET LEUR SUITE.

L'HYMEN, *tenant son flambeau allumé.*

Mon frère, que ta joie à la mienne réponde.
J'enchaîne à mes autels un rejeton sacré
D'une tige en héros féconde :
Ce nœud brillant par mes mains préparé
Affermit un trône adoré,
Où s'attachent la paix et le bonheur du monde.

L'AMOUR et L'HYMEN.

DUO.

Jour favorable, heureux lien !
Pour le fêter, unissons-nous, mon frère.
L'éclat de ton regne et du mien
Va renaitre en ce jour prospère.

L'Amour allume son flambeau à celui de l'Hymen.

Servons les grands desseins des Dieux :
A { mon / ton } flambeau radieux
Que { mon / ton } flambeau se rallume ;
Que tout change en ces lieux,
Que l'air se parfume ;

Fleurs, renaissez,
Fontaines, jaillissez,
Jeux et plaisirs, empressez-vous d'éclore;
Qu'en ce riant séjour
On reconnaisse encore
L'empire de l'Amour.

(Ici l'Amour et l'Hymen confient leurs flambeaux à des groupes d'Amour et de Nymphes qui parcourent rapidement les collines et les bosquets. Sur leurs pas, et à la lueur de ces flambeaux qu'ils agitent, tout se ranime, les Cyclopes disparaissent, leur fournaise s'engloutit, les eaux jaillissent, les ruisseaux coulent, les fleurs renaissent, une foule de petits Amours garnit les bosquets et la cime des côteaux; on en voit une grande partie dans le feuillage des arbres auxquels ils attachent des chiffres enlacés; les armes de France *et de* Naples *brillent de tous côtés; enfin le jardin le plus voluptueux succède au plus triste désert. Tandis que ces prodiges s'opèrent, l'Amour et l'Hymen continuent le duo.)*

L'HYMEN.

Venez, venez, Grâces légères,
Célébrer un couple chéri.

L'AMOUR.

Aux yeux des enfans de HENRI
Vous ne serez pas étrangères.

CHOEUR des AMOURS.

Venez, venez, etc.

L'AMOUR et L'HYMEN.

A ces myrthes nombreux
Enlacez vos guirlandes,
Suspendez en offrandes
Ces emblêmes heureux.

CHOEUR des AMOURS.

A ces myrthes nombreux.
Enlaçons nos guirlandes,
Suspendons en offrandes
Ces emblêmes heureux.

L'AMOUR et L'HYMEN.

O merveille, ô douce puissance!
Notre empire enfin recommence,
Nos plaintes, nos soupirs
N'attristeront plus ces rivages,
Et l'écho des bocages
Ne répétera plus que le chant des plaisirs.

CHOEUR.

O merveille, ô douce puissance!
Notre empire enfin recommence.
Plus de chaînes pour nous que celle des plaisirs.

L'AMOUR, *à sa suite.*

L'air s'obscurcit : la céleste ambroisie
De ses parfums délicieux,
Déjà remplit les bosquets d'Idalie.

Inclinez-vous ; ces sons mélodieux
Annoncent l'approche des dieux.

CHOEUR.

Honneur suprême!
Les dieux eux-même
Viennent présider à nos jeux.
O fête auguste!
Un Prince juste,
Un peuple heureux:
Pour l'œil des maîtres du tonnerre
Quel spectacle plus precieux!
Le bonheur de la terre
Est le plaisir des cieux.

(Dès le commencement de ce chœur, des nuages, qui s'éclaircissent de moment en moment, remplissent la scène, jusqu'à ce qu'une atmosphère lumineuse l'embrâse : cette atmosphère se divise et présente en mouvement le tableau de Raphaël appelé la Farnésine *ou* Noces de Psyché. *C'est une réunion de nuages dorés où toute la Cour céleste est portée par groupes. Ces nuages s'abaissent majestueusement, Jupiter en descend suivi des principaux dieux.)*

SCÈNE IV.

LES PRÉCÉDENS, JUPITER, NEPTUNE, MARS, THÉMIS, MINERVE, APPOLLON, BACCHUS et autres DIVINITÉS.

JUPITER *à l'Amour.*

MON fils, de l'univers viens combler l'espérance.
Des miracles charmans de ta douce puissance
Embellis ce grand jour si long-tems attendu;
Il doit consacrer l'alliance
De l'honneur et de la vertu.
Que le fils de Maya s'avance.

SCÈNE V.

LES PRÉCÉDENS, MERCURE *amenant* PARTHENOPE *et la* FRANCE.

LA FRANCE et PARTHENOPE *inclinées devant Jupiter.*

Suprême auteur de tous les biens,
Vois à tes pieds Parthenope et la France :
Tu viens de resserrer leurs antiques liens ;
Daigne sourire à leur reconnaissance.

TRIO.

JUPITER.

Le destin a cessé d'enchaîner mes bienfaits ;
Perdez de vos malheurs la funeste mémoire.

PARTHENOPE et la FRANCE.

Ah ! déjà tes nombreux bienfaits
Ont de nos maux effacé la mémoire.

JUPITER.

Vos sujets vont goûter les douceurs de la paix,
Et vos félicités égaleront ma gloire.

PARTHENOPE et la FRANCE.

Grands dieux, conservez-nous les douceurs de la paix;
Elle est le vrai prix de la gloire.

JUPITER.

Jeux, accourez; Nymphes, empressez-vous;
Amours légers, luttez ensemble.
Et vous, heureux objets de mes soins les plus doux,
Prenez part aux plaisirs que l'Olympe rassemble.

(Danses.)

LA FRANCE.

O Jupiter, de la bonté des cieux
Nous implorons une faveur nouvelle!
Aux fruits que nous promet un hymen glorieux
Accorde un protecteur fidèle;
Ce bienfait n'appartient qu'aux dieux.

AIR.

Sur la chaîne sacrée
Qui vient de nous unir,
D'une race adorée
Repose l'avenir.
Tu protégeas l'aurore

D'un règne bienfaiteur.
Fais que long-tems encore
La France qui t'implore
Lui doive son bonheur.

JUPITER, *aux Dieux.*

Si le destin d'un peuple illustre
Vous intéresse autant que moi,
Si les Dieux sont jaloux d'éterniser son lustre,
Lequel de vous aspire à ce sublime emploi?

MORCEAUX D'ENSEMBLE.

TOUS LES DIEUX.

C'est moi, c'est moi, c'est moi, c'est moi.
Moi { seul / seule } à l'univers peux donner un grand Roi.

MINERVE.

Minerve y prétend la première.
Voyez ce monarque adoré,
Que le peuple nomma son père;
Voyez ce Prince que naguère
Il a tant *Désiré;*
Ma voix les éclaira sans cesse,
Et leurs vertus que j'inspirai
Donnent la palme à la sagesse.

TOUS LES DIEUX.

Non, non, c'est moi, c'est moi, c'est moi,
Qui { seul / seule } à l'univers peux donner un grand Roi

L'AMOUR.

Sans l'Amour, sans l'Amour à quoi sert la sagesse?
C'est moi, c'est moi, c'est moi
Qui seul sais rendre heureux le berger et le Roi.

APPOLLON.

Lyres divines,
Muses badines,
Gais troubadours,
D'Appollon chantez la puissance.
Redites à la France
Le bonheur de François, sa gloire et vos beaux jours.

TOUS LES DIEUX.

Non, non, c'est moi, c'est moi, etc.

L'AMOUR.

Sans l'Amour, sans l'Amour, à quoi sert la science?
C'est moi, c'est moi, c'est moi
Qui seul sais rendre heureux le berger et le Roi.

THÉMIS.

Ah ! que la terre se souvienne
Du fils de BLANCHE et de ses saintes loix :
C'est Thémis qui forma le plus juste des Rois ;
Sur les bords heureux de la Seine
C'est moi qui le ceignis du bandeau radieux,
Et des ombrages de Vincenne
Sus l'élever jusques aux cieux.

MARS et NEPTUNE.

Résonnez, trompettes guerrières ;
Paraissez, ombres tutélaires
Et de *Turenne* et de *Villars ;*
Retracez les faveurs de Neptune et de Mars.

NEPTUNE.

Mon trident aux mains de *Tourville*
Lui soumit l'empire des mers.

MARS.

A la voix de *Condé* la victoire docile,
Des grandeurs de LOUIS étonna l'univers.

L'AMOUR, *à part.*

Sans l'Amour, sans l'Amour à quoi sert la vaillance,
Et la science et la puissance?
C'est moi, c'est moi, c'est moi
Qui seul sais rendre heureux le berger et le Roi.

TOUS LES DIEUX.

Non, non, c'est moi, etc. etc.

BACCHUS.

A mon tour je réclame ici préférence.

TOUS LES DIEUX, *riant.*

Eh quoi, c'est Bacchus?

BACCHUS.

Oui, c'est moi;
Mes titres sont sacrés; demandez à la France
Si son peuple oubliera la gaieté d'un bon Roi.
Vive HENRI QUATRE!
Vive ce Roi vaillant!
Ce diable à quatre
A le triple talent
De boire et de battre,
Et d'être un vert galant.

MARS et L'AMOUR.

Sur ce refrain chéri, je réclame mes droits;
Il fut inspiré par tous trois.

(*Mars, Bacchus et l'Amour répètent en trio, vive Henri quatre*).

TOUS LES DIEUX.

Un refrain n'est pas une loi.
C'est moi, c'est moi, c'est moi, c'est moi,
Qui seul à l'univers peux donner un grand Roi.

JUPITER.

Cessez de disputer un si noble avantage,
O mes fils, vos droits sont égaux;
Mais l'Olympe, en son sein, doit-il voir des rivaux?
Que cet auguste soin entre vous se partage,
Et que vos attributs, en faisceau recueillis,
Aux yeux de l'univers soient à jamais le gage
De la prospérité des lis.

(*Ici tous les dieux vont déposer leurs attributs près d'un buisson de lis; les Amours et les Graces en forment un faisceau*)

MARS.

Voici mon glaive,

THÉMIS.

Ma balance,

MINERVE.

Mon égide et ma lance.

NEPTUNE.

De mon trident j'enrichis ce faisceau.

APPOLLON.

De mes lauriers je l'environne.

L'AMOUR.

L'Amour embellit tout de son heureux bandeau.

L'HYMEN.

L'Hymen lui prête son flambeau.

MINERVE.

Et la Sagesse le couronne.

(*Minerve étend sa main vers le buisson de lis. Aussitôt l'image du Roi paraît sur le bouclier qui domine le faisceau.*

LA FRANCE.

Dieux! les traits de Louis! ô prodige nouveau!

AIR.

Voici le Roi, Français fidelles!
Sous sa bannière accourez vous ranger.
La justice et l'honneur de palmes immortelles
A l'envi viennent l'ombrager:
La paix le couvre de ses aîles.
Qui que tu sois, incline-toi:
Voici le Roi, voici le Roi.

Voici le Roi, Français fidelles!
Que son exil nous a coûté de pleurs!
Les vertus avaient fui nos plaines criminelles,
Et s'unissaient à ses malheurs;
Louis reparaît avec elles;
Qui que tu sois, console-toi:
Voici le Roi, voici le Roi.

Voici le Roi, Français fidelles!
Ils ne sont plus, les momens du danger;
Mais si Louis souffrait des disgraces nouvelles,

Armez vous tous pour le venger ;
Unissez vos mains fraternelles ;
Qui que tu sois, ranime-toi :
Voici le Roi, voici le Roi.

JUPITER.

Allez, volez Amours; Hymen marche à leur tête.
A la Cour de Louis que ce noble faisceau,
Des vertus d'un grand Prince honorable conquête,
De ses derniers neveux ombrage le berceau.

(Les Amours se chargent du faisceau, la France et Parthenope s'apprêtent à le suivre : la Cour céleste, durant le chœur suivant, remonte dans sa gloire et disparaît au milieu des nuages.

CHOEUR FINAL.

Fille des Dieux, ô noble France,
Reprends ton empire et tes droits!
Le monde admira ta vaillance,
Qu'il adore tes douces lois!

Alors qu'au temple de mémoire
La paix suspend tes boucliers,
Les arts t'offrent une autre gloire;
Tu ne changes que de lauriers.

FIN.

www.ingramcontent.com/pod-product-compliance
Ingram Content Group UK Ltd.
Pitfield, Milton Keynes, MK11 3LW, UK
UKHW020406250726
13967UKWH00006B/2505

9 782013 053419